Kurt Schaefer · Ohne Gewähr!

Kurt Schaefer

Ohne Gewähr!

Von der Wesensart des
Homo sapiens

FOUQUÉ LITERATURVERLAG
Egelsbach • Frankfurt a.M. • München • Bremen • New York

Die Deutsche Bibliothek - CIP-Einheitsaufnahme
Schaefer, Kurt: Ohne Gewähr! :
Von der Wesensart des Homo sapiens / Kurt Schaefer. -
Egelsbach ; Frankfurt (Main) ; München ; Bremen ; New York: Fouqué, 1999
ISBN 3-8267-4382-2
NE: GT

Imprint der Verlagsgruppe Dr. Hänsel-Hohenhausen®
Egelsbach ; Frankfurt a.M. ; München ; Bremen ; New York

Verlage in der Schillerstraße
Boschring 21-23 • D-63329 Egelsbach
Fax 06103-44944 • Tel. 06103-44940

ISBN 3-8267-4382-2
Erste Auflage
1999

Satz und Lektorat: Dagmar Gild-Kristen
Titelillustration: Antonia Rüppel

Printed in Germany

Inhalt

Motto

Ernst-besinnlich, froh und heiter,
Glosse, Posse und so weiter,
frisch gezaubert, bunt gemischt,
wohlgefällig aufgetischt,

liebreich, wie sie ausgestreuet,
nehmt die Fülle, die sich bietet,
wo sich warm das Herz erfreuet,
ist der Geist auch wohlbehütet.

Wohlgemächlich und beschaulich,
scharf gewürzt, doch gut verdaulich,
derb, bald wieder kurz und bündig,
ab und zu mal hintergründig –

so verströmt sich der Humor.
Zwanglos, doch in edlen Grenzen
will er glasklar sich kredenzen,
Wohlklang jedem feinen Ohr.

Angemessen

Solange man als Springinsfeld
in Lust und Freude diese Welt
gewissermaßen unbeschwert
in wolkenlosem Blau durchquert,

wird in dem flotten Saus und Braus
der leichtbeschwingten, frohen Stunden
ein jeder Tag schon im voraus
als ein Geschenk des Glücks empfunden,

bis man so nach und nach begreift,
daß längst nicht jeder Wunschtraum reift
und selbst der schönste Kopfsalat
mitunter eine Made hat.

Man wird – wen nähme dies noch Wunder? –
zum Skeptiker und wittert schließlich
zutiefst verärgert und verdrießlich
allüberall nur faulen Plunder.

»Wo«, fragt man, »liegt das Kuckucksei?«
und sucht des Rätsels Kniff zu finden;
jedoch trotz Müh' und Plagerei
läßt sich die Lösung nicht ergründen.

Man stutzt und kommt sich wie ein Tor
der eitlen, blinden Einfalt vor;
wie just ein Narr, den auf der Welt
nichts als die eig'ne Narrheit quält!

Und Narrheit wär's, die uns regiert?
Man ist bestürzt, man ist schockiert
und dreht und wendet, windet sich –
demgegenüber finde ich:

Der schräge Filz, der Narrenhut,
paßt uns als Spezies recht gut,
zumindest, ziert er uns auch nicht,
steht er uns ehrlich zu Gesicht!

Ohne Gewähr!

Erscheint, als Resümee gezogen,
das Dasein uns in Bausch und Bogen
ganz leidlich und im Grund' genommen
nicht nachgerade unwillkommen,

so präsentiert es doch zu Zeiten
oft bündelweise Mißlichkeiten
und stellt uns vor recht unbequeme,
zwiespältig-lästige Probleme.

Kurzum: mitunter zeigt es sich
weit über Maßen sonderlich
und in dem dornigen Verlauf
als wetterwendischer Schluckauf.

Drum trägt ein jeder Schicksalskahn,
der einen keck zur Erdenbahn
ins Lebensglück hinüberschifft,
zur Warnung diese Überschrift:

»Nicht reizlos ist die Reise zwar,
jedoch in einem Punkt prekär:
ihr Kurs erfolgt ohne Gewähr
und auf höchsteigene Gefahr!«

Perspektiven

1.

Der Mensch, betrachtet man ihn flüchtig,
erscheint recht bieder, brav und tüchtig.
Die Arbeit scheint ihm ein Bedürfnis,
er meidet Laster und Zerwürfnis,

ist hilfsbereit mit Rat und Tat,
zahlt seine Steuern an den Staat,
geht fromm zur Kirche, lästert nie –
kurzum: scheint eine Art Genie!

2.

Betrachtet man ihn etwas näher,
zeigt er sich schon um vieles zäher.
Er geht zur Arbeit, weil er muß,
liebt das Vergnügen, den Genuß,

ist egozentrisch im Gefühl,
gibt auf das Seelenheil nicht viel
und wühlt und schachert unablässig –
kurzum: er scheint recht mittelmäßig!

3.

Zieht man genau ihn in Betrachtung,
regt sich die heftigste Verachtung,
denn er ist maßlos egoistisch,
faul, lasterhaft und fatalistisch,

verbrecherisch, brutal, gottlos,
im tiefsten Grund gewissenlos,
und zwar aus Hang und Tradition –
kurzum: das Böse in Person!

4.

Nimmt man ihn schließlich, wie er ist,
als Stück gewachsene Natur
aus Urmensch, Intellekt und List,
als wertneutrale Kreatur,

die weder gut noch böse trennt,
Moral nur aus dem Schulbuch kennt,
dann steht, entblättert jeder Zier,
das wahre »Rätsel Mensch« vor dir!

Dideldum!

Und zieht ihr, ärmliche Philister,
entmutigt sämtliche Register,
um diesen Globus umzukrempeln
und just zum Jammertal zu stempeln;

mag kommen, was da kommen mag
an düstren Schicksalswirbelstürmen,
der Sorgenberg sich haushoch türmen,
ich blinzle in den Sonnentag

und zeig' mich quitschfidel-vergnügt!
Was soll der Ärger, frage ich?
Wenn mich der Anschein nicht ganz trugt,
im Endergebnis ändert sich,

selbst wenn ich mich zum Schein belüge,
im großen Schicksalsweltgefüge
dadurch kein Jota! Eben drum
blick' ich voraus, schau' mich nicht um,

frag' nicht nach grauen Alltagssorgen.
Und nimmt die Art mir jemand krumm,
ich wand're in den frischen Morgen
und pfeif' mir keck ein Lied: Dideldum!

Suspekt

Er schimpfte nicht, wie in der Regel
manch boshaft tugendloser Flegel,
mit ungehobelten Manieren,
bloß um sich abzureagieren,

auf die Regierung, die Verwaltung,
die bürokratische Entfaltung,
die Funktionäre samt und sonders
und die Parteien insbesonders,

auf Börsen-, Markt- und Kursberichte,
Theater, Presse und Gerichte,
nicht mit frivoler Dreistigkeit
gar auf die hohe Geistlichkeit.

Er schimpfte nicht! Und dies selbst dann,
wenn manchem bied'ren Bürgersmann
schon längst der Hut bei der Affäre
vor Ärger hochgegangen wäre.

Er lobte die Vergangenheit
nicht als die gute, alte Zeit
und fluchte nicht nach Kutscherart
auf die perfide Gegenwart.

Er kritisierte nicht die Flausen
der jugendlichen Jazz-Banausen,
nicht die verrückteste Methode
von Sex-Appeal und schräger Mode.

Er nörgelte und quäkte nicht
ob eben seiner Steuerpflicht
und klagte nicht zum x-ten Male
über die Lohn- und Preisspirale.

Er schlug nicht Frau und Kind im Streit,
verfolgte keinen faden Spleen
und huldigte der Trunkenheit
so wenig wie dem Nikotin.

Er war nicht dumm noch klug und dreist,
nicht weltgewandt noch weitgereist,
nicht fromm und auch nicht tugendlos,
nicht subaltern, kein Gernegroß,

verschuldet nicht und auch nicht reich,
im Umgang gegen jeden gleich.
Kurzum: er war kein Sonderfall,
vielmehr von Grund auf ganz normal.

Doch eben dieses, will ich meinen,
geradezu und sozusagen
unheimliche Normalbetragen
ließ ihn zuhöchst suspekt erscheinen,

so daß er bei der Mitwelt bald
als Sonderling und närrisch galt
und letzthin gar als Exemplar,
dem keineswegs zu trauen war.

Drum, wenn du oftmals schon mit Sorgen
im wechselvollen Strom der Zeit
bei mancherlei Gelegenheit
in deinem tiefsten Ich verborgen

gewisse Fehler konstatiertest
und dich aus diesem Grund mokiertest,
nimm es nicht tragisch, sage lieber
gelassen, frank und frei: Schwamm drüber!

Denn deine festgestellten Mängel
samt deiner stillen Lasterfibel
nimmt dir im irdischen Gedrängel
im Grunde niemand ernsthaft übel.

Erst wenn dich keine Fehler zieren,
gestaltet sich mit einem Mal
die Lage ernsthaft und fatal,
denn man beginnt dich zu zensieren.

Die sogenannten kleinen Schwächen,
sprich: menschlichen Normalgebrechen,
in seines Nächsten Wesenszügen
vergibt mit schmunzelndem Vergnügen

gern jeder jedem – um den Preis,
daß man die seinen übersehe,
mit denen er auf Wohl und Wehe
als Laster sich behaftet weiß.

Eine uralte Geschichte

Dies ist bestimmt nicht zu bestreiten:
In Dünkelshausen zählte er
– und zwar nicht bloß von ungefähr –
zu eben *den* Persönlichkeiten.

Zwar wußte keiner rings im Orte,
wieso der Wind ihn her verschlagen;
indes, das Pathos seiner Worte,
sein gravitätisches Betragen,

die überlegen-sich're Würde,
das Exquisite der Allüren,
sie ebneten ihm jede Hürde
und öffneten ihm alle Türen.

Und allenthalben hörte man –
wenn er salopp so dann und wann
recht lässig und ganz nebenher,
als ob es selbstverständlich wär,

den Staunenden verständlich machte:
»Ja, ja, ich und der Herr Minister ...« –
ein ehrfurchtsraunendes Geflüster.
Und keiner, der nicht eitel dachte,

wie rühmlich es für alle Seelen
von Dünkelshausen letztlich wäre,
solch einen Mann von höchster Ehre
zum eignen Bürgerkreis zu zählen.

Und so verstrich der Lauf der Zeit;
mit mancherlei Gelegenheit,
den Günstling wohlbedacht zu ehren
und seinen Einfluß zu vermehren,

der ihn gar bald nach oben führte.
So kam es denn, daß er zuletzt,
von allen Bürgern hochgeschätzt,
zum Bürgermeister avancierte

und in dem Amt mit kluger Hand,
Geschick und wendigem Verstand
in Dünkelshausen residierte,
bis er den nahen Tod verspürte.

Da scharten, gleichsam um die Wette,
die Bürger sich um seine Stätte,
um ihn, den glückhaft Auserwählten,
und sein Vermächtnis anzubeten.

Und alle lauschten, stumm, gebannt,
dem letzten, trostreichen Geflüster:
»Ich, Bürger, und der Herr Minister,
wir haben uns ... niemals gekannt!«

Dennoch!

Hängt der Himmel grau in grau,
drückt die Stimmung matt und flau,
droht dich Trübsal zu erfassen –
bloß den Kopf nicht hängen lassen!

Gibt es Ärger, Schwierigkeiten
mit der Umwelt zu bestreiten,
sucht sie Haß und Neid zu schüren –
bloß die Ruhe nicht verlieren!

Will dir manches nicht recht runter,
kommt es dir echt spanisch vor,
trag das ganze Kunterbunter
mit gelassenem Humor!

Spielt man dir auf Schritt und Tritt
widerlich und übel mit,
oder sucht dich durch Intrigen
hinterhältig kleinzukriegen,

kommt gar einer extra dumm,
und du meinst, du müßtest platzen,
nimm's dem Rüpelkopf nicht krumm,
laß es dich nicht weiter kratzen!

Bleibe all dem Quark zum Possen
kühl, gelassen, unverdrossen;
bleibe, kurzum, wie du bist,
unbeirrbar Optimist!

Gewiß

Gewiß, es ist nicht zu bestreiten,
trotz allergrößter Schwierigkeiten
und Kosten, die daraus entsprossen,
er prozessierte unverdrossen

und hätte den Prozeß gewonnen,
hätt' nicht am Ende das Gericht
sich eines anderen besonnen.
Sonst hätte er – wenn eben nicht.

Einst hatte er, nach seiner Meinung,
ein ahnungsreiches Traumgesicht,
drum zog er voller Zuversicht
ob der prophetischen Erscheinung

in einer Lotterie ein Los
und hätte wohl auch zweifellos,
wenn ihm das Glück bei der Affäre
nicht abgeneigt gewesen wäre,

und hätt' er, von dem Traumgesicht
nicht falsch geleitet und bewogen,
prompt eine Niete sich gezogen –
gewonnen – ja wenn eben nicht.

Jüngst hätte er mit Sicherheit
die schöne Melanie gefreit,
die er so sehnsuchtsvoll begehrte
und über alles hochverehrte,

hätt' nicht ein kecker Kavalier
in kurz und bündiger Manier
das süße Kind geehelicht.
Gewiß, sonst hätte er – wenn nicht.

Und zweifellos, er würde heute
normal, wie ungezählte Leute,
in rührig-emsigem Bestreben
recht quitschfidel und munter leben,

hätt' er – weiß Gott, wodurch bewogen –
es exquisit nicht vorgezogen,
sich zu erhängen, dieser Wicht.
Gewiß, sonst lebte er – wenn nicht.

So läßt sich denn berechtigt sagen,
daß in den meisten Daseinsfragen
recht undurchsichtig und makaber
das kleine Wortspiel »Wenn und aber«

entscheidend das Gescheh'n regiert
und manchen, der sich mit Hurra
schon am gewünschten Ziele sah,
infamerweise nasgeführt;

denn absolute Sicherheit,
die gegen jeden Mangel feit,
kurz, einen Trumpf, der alles sticht,
gibt es im Leben leider nicht!

Kernspruch

Fasse herzhaft zu im Leben,
doch mit Umsicht und Verstand!
Nichts wird dir von selbst gegeben,
alles mußt mit kühner Hand

du dem Schicksalsstrom entwinden,
mußt dir selbst dein Glück begründen,
soll 's mit dauerhaften Zügen
sich in deine Bahnen fügen.

Achte nicht auf jene Schreier,
die des Alltags seichte Leier
in gefälligem Behagen
dir um deine Ohren schlagen!

Was sie stümperhaft entbieten,
sind nur kümmerliche Nieten,
flaue und meist plumpe Lügen,
sommerliche Eintagsfliegen.

Wandellose, edle Werte,
die in emsigem Gestalten
frisch den Lebenspuls erhalten,
als verläßlicher Gefährte

dich durch jeden Engpaß leiten
und dem Strom der Dauerzeiten
unverlierbar fest verbinden,
mußt du mühsam selbst dir finden!

Karriere

Von dummen Eltern dumm geboren,
recht arrogant und unverfroren,
besaß er jene Patenschaft
der stärksten Überzeugungskraft,

die wie mit magischem Elan
ein jedes Hindernis spontan
im Handumdrehen überwindet
und überall Vertrauen findet:

Der Dummerjan besaß den Segen
plus Sympathie der ganzen Welt,
denn er besaß Realvermögen
und jede Menge bares Geld.

So öffnete, wo er erschien,
man hilfsbereit-devot die Türen,
begaffte seine Schlipsallüren
und staunte über jeden Spleen.

Was Wunder, wenn ihn nur zu bald
der ständige Erfolg verdroß
und er langweilend sich entschloß,
dem Wirken neuen Wertgehalt

und neue Ausdrucksform zu geben.
Zu diesem Zwecke trat er eben
mit Vorbedacht einer Partei
als vollaktives Mitglied bei.

Was folgte, läßt sich kurz beschreiben:
Mit Geld und Dummheit ist der Lauf
der Welt am besten anzutreiben.
So purzelte er flugs treppauf:

Parteimann erst, doch nah der Quelle
bald einflußreicher Sekretär,
sodann an maßgeblicher Stelle
gewählter Spitzenfunktionär.

Kuhhandel unter den Partei'n,
parteipolitisches Geflüster –
und siehe da: er ward Minister
und bildete sich drauf was ein!

Dies aber scheint mir die Misere:
daß man die Praxis noch recht dreist
als wohlverdiente Karriere
der Tüchtigen und Besten preist!

Mangelnde Erfahrung

Als Lieschen noch sehr jung an Jahren
und zudem reichlich unerfahren
einst abends in den Garten ging,
um Sellerie und Peterling,

kurz: Grünzeug aller Art zu holen,
sah sie, wie auf verstohl'nen Sohlen
der Gärtnerbursche Emil sich
just hin zu ihrer Kammer schlich,

um eine Leiter zwischen Hecken
und dichtem Laubwerk zu verstecken.
Dann kroch er durch die Gartenlaube
und machte sich rasch aus dem Staube.

Flugs hatte Lieschen mit Verstand
die Absicht Emils wohl erkannt
und war bereit, den Lustgefühlen
des Jünglings einen Streich zu spielen.

Mit einem Fuchsschwanz in der Hand
schlich sie sich ihrerseits zur Hecke,
wo, wie erwartet, im Verstecke
sie in dem Laub die Leiter fand.

Dann handelte sie kurzentschlossen:
schnell war die oberste der Sprossen
mit ein paar Zügen angesägt,
die Leiter rasch zurückgelegt,

wie just vorher mit Laub bedeckt
und in dem Dornenstrauch versteckt.
Dann eilte sie, wie abends immer
zu diesem Zeitpunkt, auf ihr Zimmer,

wo sie, nach frommem Nachtgebet,
nicht eben früh und auch nicht spät,
zu Bette ging, nachdem sie sich
für alle Fälle vorsorglich

die Wasserkanne griffbereit
zu nützlicher Verwendbarkeit
ans Bett gestellt – da streifte eben
ein leises Rascheln durch die Reben,

es knarrten Tritte auf der Leiter,
die langsam und behutsam weiter
bis unter Lieschens Fenster stiegen –
ein Ästeknacken, Ästebiegen,

ganz plötzlich dann ein lauter Krach –
ein tiefer Sturz, ein dumpfer Fall,
von oben her ein Wasserstrahl –
ein Wassereimer folgte nach

und leises, höhnisches Gekicher –
von unten derbes Schimpfen, Toben.
Seit diesem Willkommgruß von oben
war Lieschen vor Besuchern sicher.

Darüber nun verstrich die Zeit,
indes doch die Begebenheit
im ganzen Dorf die Runde machte
und Emil Spott und Ärger brachte.

Allein auch unser Lieschen kam
gewissermaßen mit zu Schaden,
denn seit der Emil lendenlahm,
klopft niemand mehr am Fensterladen.

Heut, da das Lieschen reif an Jahren
und auch im Leben wohl erfahren,
heut schläft sie, sehr zu ihrem Jammer,
ganz unbehelligt in der Kammer.

Prinzipien

Wohl –

Aber, aber, alter Junge,
reckst doch wohl nicht in der Tat
einfach schlankweg deine Zunge,
weil dich was verärgert hat?

Wohin soll das letztlich führen,
ohne Anstand und Geschmack?
Weißt, ich war stets für Manieren
und verachtete das Pack..

Zimperlich nennst du die Geste?
Nun, ich mein' es nicht zu sein,
halte nach wie vor für's Beste
taktvolle Noblesse allein.

Aber –

Derbheit ist im Grund genommen,
soweit Taktgefühl vorhanden,
in der Regel unwillkommen –
in der Regel, wohlverstanden!

Bleibt indes das Taktgefühl,
wie nicht selten, außer acht,
dann ist selbst der derbste Stil,
falls notwendig, angebracht.

Denn auch hier – nichtsdestotrotz –
gilt der alte, kluge Satz,
daß auf einen derben Klotz
nur ein derber Keil am Platz!

Vorsicht!

Zweifellos die angenehmste
und dazu auch die bequemste,
sorgenfreie Daseinsweise
auf der kurzen Lebensreise

wählst du schlauerweise dir,
wenn du mit dem Strom der Masse
als gehörntes Herdentier
auf der breitgetret'nen Straße

dich einherzutrotten mühst
und im wohligen Gedränge
als Anonymus der Menge
möglichst enge Kreise ziehst.

Dann kann dir von deinen Taten
keine einzige mißraten,
und du fällst im Daseinslauf
weder gut noch sonstwie auf.

Solltest aber dahingegen
du auf deinen Erdenwegen
nach besonderem Erleben,
nach was Exquisitem streben,

solltest also, sozusagen,
Reiz an delikaten Fragen
oder Lust nach Starallüren
und dergleichen mehr verspüren,

Freund, dann mußt du dich bequemen,
als Pendant für den Genuß,
manchen Ärger und Verdruß
schweigend mit in Kauf zu nehmen.

Denn der liebe Artgenosse,
der mit dir auf gleicher Sprosse
der vertrackten Lebensleiter
bislang unbekümmert, heiter

und in jeder Hinsicht friedlich
als dein Nachbar dagesessen,
bockt und wird recht ungemütlich
und von schlimmstem Neid besessen,

wenn ihm plötzlich dein Begehren,
aus der Masse auszuscheren,
der er blindlings nachgeirrt,
merkbar und verständlich wird

klar erkennend, daß bei beiden
sich die Wege künftig scheiden,
sich sein Pfad im Leerlauf windet,
während deiner aufwärts mündet.

Achte: von den Mißlichkeiten,
die dich unentwegt begleiten,
ist der Neid, ganz ohne Frage,
explizit die schlimmste Plage!

Der springende Punkt

Ja, am Anfang dieser Reise
scheinen Weg und Ziel uns klar,
alles fügt auf seine Weise
sich erstaunlich wunderbar.

Später erst, wenn sich die Gleise
im Verlauf von manchen Jahren
deutlich spürbar ausgefahren,
merkt man, daß man stets im Kreise

rundherum einhergelaufen,
selber sich genasgeführt.
Dann vergönnt man resigniert
sich ein kritisches Verschnaufen.

Doch man wird sich nicht recht schlüssig:
War und ist denn kurz und gut
alles, was man tat und tut,
müßig, ja gar überflüssig?

Ist das menschliche Bestreben
nach Erfolg und Glück im Leben
nichts als Selbstgefälligkeit,
Abklatsch purer Eitelkeit?

Peinige dich nicht vergebens,
denn in der Bilanz des Lebens
steht vor jedem »Was« der Fälle,
das »Warum« an erster Stelle!

De mortuis nil nisi bene

Ich blättere in einem alten Buch
aus der antiken, tugendhaft geprägten Welt.
Da fällt mein Blick auf diesen weisen Spruch:
»De mortuis nil nisi bene«. Das gefällt!

Frei übersetzt heißt dieses wohl, soviel ich weiß:
Man soll nur Gutes über Tote sagen.
Schon drängt es mich, dafür den schlüssigen
Beweis
auch für die Gegenwart zu hinterfragen.

Am aufschlußreichsten ist der Prüfeffekt
wohl, wenn man hintergründig und korrekt
den Lebenslauf analysiert,
den der Betreffende geführt –

das Resultat mit jenem nach dem Tod vergleicht
und prüft, ob Sein und Resonanz
sich decken oder Diskrepanz
sich offenbart und welches Ausmaß sie erreicht.

1.

Da wäre beispielsweise jener Antiquar,
der sich der hehren Kunst verschrieben,
Mäzen und Gönner nach Belieben
und prima vista reich und ehrsam war.

Indessen zierte seine Tätigkeit
ein kleiner, doch markanter Schönheitsfehler:
Er war zu jedem faulen Deal bereit,
fungierte für die Unterwelt als Hehler.

Zwar war dies allgemein und stadtbekannt,
doch war der Deal für alle Seiten interessant,
denn der Profit war bares Billiggeld
für ihn, die Käufer und die Unterwelt.

Und dem Erfolg galt sein Bestreben.
So wuchs, da er sich auf das Hehlen wohl verstand,
sein Hab und Gut und schließlich damit Hand in
Hand
sein Einfluß im gesellschaftlichen Leben.

Nun blendet Reichtum leicht den klaren Blick.
Und so auch hier. Man fragte nicht zurück,
woher der Wohlstand kam, man akzeptierte
ihn schlichtweg so, wie er sich präsentierte.

2.

Als nächster Saubermann, da wäre er zu nennen,
der brave Baurat, hier gleich um die Ecke,
in jener Villa mit der Gartenhecke,
den alle Unternehmer bestens kennen.

Denn so wie für ein jedes Bauvorhaben
sein Plazet unverzichtbar war,
galt auch das feste Ritual der Gaben
für beide Seiten klipp und klar:

Man nimmt und gibt, man gibt und nimmt,
von Hand zu Hand, geschäftsbereit,
und übt sich in Verschwiegenheit,
wenn beiderseits die Rechnung stimmt.

Zwar hatte jeder Bürger seine Zweifel,
daß er – vor Jahren noch ein armer Teufel –
durch Ehrlichkeit und Sparsamkeit
und biedere Rechtschaffenheit

das Eigentum erwerben konnte,
in dem er sich behaglich sonnte.
Doch er verstand es stets von neuem,
gehegte Zweifel zu zerstreuen,

fand Zugang selbst in bessere Gesellschaftskreise.
Und selbst in einem Strafverfahren vor Gericht
bestätigten sich die Verdachtsmomente nicht,
es fehlten – wen verwundert's? – Zeugen und
Beweise.

3.

Ihm hatten Vorstand wie auch Aufsichtsrat
in jeder Hinsicht voll vertraut,
wenn er geschäftlich eigens sie vertrat,
auf seine Redlichkeit gebaut.

Dann dieser Schock! – und der saß tief,
seit jener anonyme Brief
beim Vorstand eingetroffen war,
in dem Beweise klipp und klar

die Machenschaften und Beträge offenlegten,
um die er die Genossenschaft betrogen,
die Tricks, die er seit Jahr und Tag vollzogen
und die ihm den Erfolg zu garantieren pflegten.

Mit den Verdächtigungen konfrontiert,
erwies er sich als hargesott'ner Wicht.
So leugnete er seine Missetaten nicht,
verweigerte jedoch höchst ungeniert

für das ertrog'ne Geld Ersatz zu leisten,
er habe es beim Kartenspiel verloren.
Auch scheute er sich nicht ganz unverfroren
zu guter Letzt sich gar noch zu erdreisten

zu drohen, die Genossen anzuzeigen.
Er wisse, wie die Leitung bilanziere,
wer die Bilanzen und auch wie frisiere
und sei nur dann bereit, dies zu verschweigen,

wenn er im ganzen ungeschoren bleibe.
Da saß man nun in der berühmten »Scheibe«!
Man überlegte hin und her,
beratschlagte sich kreuz und quer,

dann – ob man ihm auch noch so grollte –
entließ man ihn. Verbleibt, sich einzuschärfen:
Wer selbst im Glashaus sitzt, der sollte
am besten nicht zuerst mit Steinen werfen.

. . . . .

So ließe sich in endlos buntem Reigen
noch mancher Biedermann im Zwielicht zeigen.
Zunächst jedoch gilt es zu eruieren,
die Resonanz der Nachwelt aufzuspüren,

die man sich für das Trio nach dem Tod ersann.
Und siehe da, so stand es in der Zeitung:
Der Antiquar, ein Bürger von Bedeutung,
ein Gönner, Kunstmäzen und wahrer Ehrenmann.

Der Baurat, als Beamter pflichtbewußt,
für Stadt und Bürger ein Verlust.
Selbst der Vertreter der Genossenschaft
galt als verläßliche, bewährte Kraft.

Und auch am Grab die gleiche Heuchelei
mit Kranz und »Letztem Gruß«, Lobhudelei.
Nicht auszudenken, was hier wohl geschehen wäre,
bezeugte man der Wahrheit die berühmte Ehre.

Es gäbe Mißgunst, Haß und Neid,
um Geld und Forderungen Streit,
und alles endete mit einem Mal
in aller Öffentlichkeit als Skandal.

Doch wer mag schon sein Ende turbulent
gestalten?
Da weint man wahrlich lieber eine Träne!
Und so soll auch an meinem Grab der Sinnspruch
walten
– ihr wißt schon – »De mortuis nil nisi bene«!

Ein Sprichwort

Gewiß – und dies erfreut uns sicherlich –
sind Art und Zahl der Wünsche unbegrenzt,
und manch ein Wunsch erfüllt zuweilen sich.
Indes – es ist nicht alles Gold, was glänzt.

Sie freute sich bereits seit langer Zeit
auf ihr Geburtstagsfest im neuen Kleid
und wünschte sich, um alles auf der Welt,
dazu ein Goldkollier mit echtem Stein.

Ihm aber, und dies schon von Hause aus,
bescheiden, arm wie eine Kirchenmaus,
ihm fehlte es am großen wie am kleinen Geld.
Da fiel ihm die patente Lösung ein,

und er entwarf sogleich auch einen Plan:
Er würde sich klammheimlich und verstohlen
das Schmuckstück aus dem Ladenfenster holen,
und um beim Einbruch unerkannt zu bleiben,

sich gut getarnt und unauffällig kleiden.
Und wie geplant, so war es auch getan.
Des Nachts gelang es ihm, die Fensterscheiben
mit seinem Diebeswerkzeug aufzuschneiden

und mit dem Schmuck, den er an sich genommen,
im Schutz der Dunkelheit auch zu entkommen.
Sie aber konnte sich vor neiderfüllten Blicken
an ihrem Festtag mit dem Prunkstück schmücken.

So weit, so gut. Nur ist als Eigenschaft
die Neugier von Natur aus launenhaft,
sprich: eine unberechenbare Kraft,
die meist recht unbekümmert und banal

nur allzu gerne Turbulenzen schafft.
Und so auch hier, in diesem heiklen Fall.
Denn ohne Anlaß und Notwendigkeit,
aus purer Neugier, ja Verschrobenheit

ließ sie das Schmuckstück, das er ihr verehrt,
als wolle sie sich durch den hohen Wert
gewissermaßen selber imponieren,
von einem Juwelier der Stadt taxieren.

Da kam die bitt're Wahrheit an den Tag,
und diese traf sie wie ein Keulenschlag:
Der Schmuck war nicht aus Gold, nicht echt,
ein Talmi, wie der Fachmann treffend sagt,

doch ausgesprochen preisgerecht
und daher von den Kunden gern gefragt.
Zutiefst enttäuscht, zugleich vor Wut entbrannt,
berichtete sie das Desaster ihrem Mann,

der seinerseits sich zu beschuldigen begann,
daß er den Schmuck als Talmi nicht erkannt.
Doch damit nicht genug, denn schon am Tag
darauf
nahm die Geschichte einen düsteren Verlauf.

So war dem Juwelier vor Ort,
der jene Schätzung vorgenommen,
der ganze Sachverhalt sofort
zuhöchst verdächtig vorgekommen,

und er berichtete den Fall der Polizei.
Ein kurzer Blick in die Computer-Suchdatei,
und der Zusammenhang war den Beamten klar,
daß nämlich Tip und Bruch der gleiche Vorgang
war.

So wurde er ermittelt und vernommen,
das Diebesgut für das Verfahren sorgsam asserviert.
Da war auch ihm der Geistesblitz gekommen:
»Es ist nicht alles Gold, was glänzt« – wie eingangs
angeführt.

Der Schelm

Zuallererst, da freite er,
gewiß nicht nur von ungefähr,
die wohlbetuchte Jungfer Esther,
ein schon betagteres Semester,

und erbte, als nach kurzen Freuden
die brave Jungfer mußte scheiden,
in nonchalanter Etikette
die prallgefüllte Geldkassette.

Derart passabel ausstaffiert,
begab er sich höchst ungeniert
erneut auf Brautschau, dieses Mal
jedoch auf exquisite Wahl.

Und wie gewünscht fand er gar bald
im Kreise ehrenwerter Damen
ein Exemplar, zwar steif und alt,
indes mit imposantem Namen,

zudem in keuschem Witwenstande.
So flochten sich die neuen Bande
beachtlich schnell, und der Filou
behangte sich mit »von« und »zu«.

Wohl ausgestattet so mit beidem
– mit ehrenwerten, hohen Titeln
als auch mit finanziellen Mitteln –
ließ er sich kurzweg wieder scheiden,

um schließlich wieder kurz darauf,
man höre nur – fürwahr! – und staune
und lasse sich gehörig auf,
in allerbester Sonntagslaune

ein zartes, hübsches Jungferlein
als drittes Ehgemahl zu frein.
Soweit die sittenlos mißraten
und skandalösen Übeltaten

des Don Juan par excellence.
Und die Moral dieser Geschichten?
In diesem Falle hat, mitnichten,
Moral nicht die geringste Chance.

Denn als ich den Filou vor Tagen
durch Zufall auf der Straße traf,
da gab er sich auf mein Befragen
zunächst recht überrascht und brav,

um schließlich, so als ob nichts wäre,
die heikel peinliche Affäre
mit schelmenhaftem Augenkneifen
wie folgt nur lapidar zu streifen:

»Das Beste, Freund, bleibt nur das Beste,
bis es banale Wirklichkeit.
Gefeiert sind die schönsten Feste
nur noch ein Stück Vergangenheit.

Und eben deshalb, möcht' ich meinen
– so reizvoll ich es auch getrieben –,
am klügsten wär' ich, will mir scheinen,
wohl doch ein Hagestolz geblieben!«

Ein modernes Märchen

»Es war einmal...« – mit diesen Worten
eröffnen, wie wir alle wissen,
die Märchen ihre Zauberpforten.
Drum laßt uns eine Mär genießen.

Indes, sie spielt in unsren Tagen,
sprich: in der rauhen Gegenwart,
ist im Charakter sozusagen
ein Märchenspiel moderner Art.

Der Ort der Handlung: eine Stadt
in echtem Bilderbuchformat,
idyllisch in ein Tal gestellt,
kurzum: ein Traum der heilen Welt.

Soweit der äußerliche Schein.
Doch stellt sich rasch Ernücht'rung ein,
wenn man sich um die Wahrheit müht
und hinter die Kulissen sieht.

Wie es nach alter Sitte Brauch,
so sind die Rollenspiele auch
in der modernen Märchenwelt
geschickt besetzt und ausgewählt.

Was aber gleich ins Auge fällt,
es fehlt das übliche Klischee:
kein Prinz, von Edelmut beseelt,
und keine gute Zauberfee,

die huldvoll jeden Wunsch erfüllt,
der gegen bösen Zauber feit,
kein Streiter für Gerechtigkeit,
der Schuld und Fehl der Welt enthüllt.

Dagegen dominieren hier
Intrigen, Korruption und Gier,
geschickte Täuschung, Treubruch, List,
kurzum: primär, was böse ist.

Und da sind schon die bösen Geister:
Zuallererst der Bürgermeister,
als Schlitzohr weithin anerkannt,
mit ihm versippt und stets dabei,

des Städtchens Immobilienhai.
Und auch der Nächste, nah verwandt,
im Baugewerbe wohl bekannt
als rücksichtsloser Spekulant.

Dann, als der vierte in der Runde
und unentbehrlich in dem Bunde
– denn: Geld non olet, Gott sei Dank! –,
der Leiter der Gemeindebank

und – last not least – in Kumpanei
der Herr Notar, als Mann von Ehren,
um den Verdacht der Kungelei
von vornhereinhin abzuwehren.

Soweit in dem Szenarium
die Hauptakteure kurz skizziert,
in einem Scheinkonsortium
in enger Partnerschaft liiert,

die nach erprobter Gaunermasche
die Scheingeschäfte inszenierten
und den Profit in ihre Tasche
in cleverer Manier lancierten.

Und wenn bei einer Transaktion
Komplizenschaft zur Tat notwendig war,
half Habgier, Filz und Korruption –
geschmiert läuft eben alles wunderbar!

Nach außen hin schien jeder Fall
für den Betrachter streng legal;
das große Geld jedoch ging elegant
und unverbucht direkt von Hand zu Hand.

Und so ging das Geschäft vonstatten,
das sie sich ausgeklügelt hatten:
Erst wurde allerbestes Bauland keck
als unerschließbar deklariert,

dann von dem Stadtrat ungeniert
weit unter Wert zu eben diesem Zweck
direkt an das Konsortium
verkauft; von diesem wiederum

im Luxusstil erschlossen und bebaut,
vom Bankhaus der Gemeinde günstig finanziert,
vertraglich von dem Herrn Notar legalisiert.
(Wer hätte ihm nicht schrankenlos vertraut?)

Durch den Verkauf fiel der Dukatenregen,
gleichsam als wohlverdienter Himmelssegen
auf sie herab, wie es die Märchenfee entschieden
und alle in dem Städtchen waren hochzufrieden.

Doch, wie man hört, ist die Methode
nicht nur in diesem Städtchen Mode.
Vielmehr sei sie im ganzen Land
als üblich und probat bekannt.

Auch sei ihr Wirkungskreis zurecht
in keiner Weise eingeengt;
nicht auf das Alter, das Geschlecht
oder beruflich eingeschränkt.

Ob Arzt, Designer, Volljurist,
Berater, Metzger, Polizist,
selbst die erlauchte Geistlichkeit
sei nicht vor ihrem Gift gefeit.

Und letztlich reiche ihre Macht sogar,
wie man zurecht betont: bedauerlicherweise,
bis hin – es ist schlichtweg kaum vorstellbar! –
in die politisch hochgestellten Kreise.

Der kleine Mann nur, wie man hört,
ist irritiert, schockiert, verstört,
denn dreht und wendet er die Taschen noch so sehr,
am Ende sind und bleiben beide leider leer!

Vielleicht doch gut, daß, was ich eben
als Spiegelbild an echtem Leben
gezeigt, in Wirklichkeit ganz offenbar
nur ein moderner Märchenzauber war.

Ermunterung

Wie, du zeigst dich deprimiert,
weil der Ablauf deiner Bahn
von dem vorgefaßten Plan
deines Wollens abgeirrt?

Mutlos streichst und hoffnungslos
du des Glaubens flaue Segel,
überzeugt, dein Schicksalsfloß
strande an dem seichten Pegel

deiner müden Zuversicht?
Soll die Last dich nicht erdrücken,
hebe stolz dein Angesicht
zum gestirnten Himmelsrücken!

Ja, du wolltest stets das Beste,
strebtest sehnsuchtsvoll danach,
doch der Lebensalmanach
birgt nicht nur beglückte Feste.

Darum stehe ungebeugt!
Eben, wie die Welt gezeugt,
kann nicht just für unsereinen
jeden Tag die Sonne scheinen.

Optimist und Pessimist

Zwei Frösche sprangen einst zum Spaß
durch's saftig-grüne, frische Gras,
als beide plötzlich wider Willen
in ein gefülltes Milchglas fielen.

»Weh«, klagte da der Pessimist,
»muß mich das nicht zutiefst verdrießen,
als ehrbar frommer Frosch und Christ
so schnöd mein Dasein zu beschließen?

Allein des Schicksals strenger Wille
ist hart und unabänderlich,
darum, am besten wohl in Stille
und Reu und Demut, füg' ich mich.«

So resignierend soff er ab
und streckte feige seine Glieder.
Der Milchtopf ward sein stilles Grab,
und nie schien ihm die Sonne wieder.

Der Optimist indessen dachte:
»Nur nicht so schnell, mal immer sachte!
Der Ausweg steht mir lange offen,
vorerst will ich noch mutig hoffen.

Solange mir die Molke nur
bis just zum Halse reicht,
verwahrt sich meine Glücksnatur,
daß sie die Segel streicht.

Der letzte vage Hoffnungsschimmer,
das kleinste Fünkchen Zuversicht
sind, finde ich, fürwahr, noch immer
weit nützlicher, als ein Verzicht

auf ein, wenn ich ganz ehrlich bin,
wohl nicht ganz kummerfreies Leben,
und doch, und darum geht es eben,
dem Tode letztlich vorzuziehn.

Drum biete ich mit Energie
dem Schicksal Trotz, so gut es geht.
Zum Sterben ist es nie zu spät,
doch wohl gelegentlich zu früh!«

Und kurz und gut, gesagt – getan,
fing er sogleich beherzt entschlossen
zu rudern und zu strampeln an
und kämpfte mutig, unverdrossen,

selbst als die Kräfte spürbar schwanden,
bis sich ganz plötzlich etwas rührte,
das er von unterhalb verspürte
und seine Beine Boden fanden.

Da war die Freude riesengroß!
Gerettet auf dem Butterkloß,
der Optimist – vom Tod verschont,
vom Glück für seinen Mut belohnt.

Mißverständnis *

Direkt über der Eingangspforte,
auf malerischem Holzwerk hing,
wenn mich mein Freund als Gast empfing,
ein Schild, auf dem die knappen Worte

mich mahnend, ernst und still begrüßten,
zugleich mir auch mein Los versüßten:
»Carpe diem«, dies will sagen,
wortgetreulich übertragen,

»Pflücke den Tag«, dem Sinne nach
frei übersetzt »Nütze den Tag«,
was dir der Lebensalmanach
auch kunterbunt bescheren mag.

Soweit Horaz, ein römischer Poet,
mit diesem Spruch in einer Ode,
ein edler Spruch, der fortbesteht,
da stets modern, nie aus der Mode.

* Nach einer wahren Begebenheit

Dann das Befremden, das ich spürte
und das mich wie ein Schock berührte,
als ich erneut nach einem Jahr
bei meinem Freund zu Gaste war

und den Verlust des kleinen Schildchens
registrierte,
mit dem mich stille Neigungen verbanden.
Da hatte jener, der das Bubenstück vollführte,
den Ausspruch doch gehörig mißverstanden.

Schwarz auf Weiß

Steif die Ohren,
unverfroren,
ist gelegentlich ganz recht,
auf die Dauer
wirkt der Bauer
aber doch empfindlich schlecht!

Positiver ist drum schließlich –
und wirkt weniger verdrießlich
als die Gegensätzlichkeit –
letztlich zweifelsohne eben
im gesellschaftlichen Leben
maßvolle Verträglichkeit.

Ja, ich halte diese Mode
als Verständigungsmethode
zwischen uns als Artgenossen
für die unterste der Sprossen
in der heiklen Prozedur
kunstvoller Kulturbravour.

Folgerichtig abzuwägen,
streng spezifisch sich zu regen
nach des Augenblickes Gunst,
still und unauffällig walten
in geschäftigem Gestalten
nenn' ich wahre Lebenskunst.

Ungehobelte Manieren,
pöbelhafte Schlipsallüren
und die Kraft der Ellenbogen
zeugen nicht von Männlichkeit,
zeigen nur mit Sicherheit,
daß man reichlich ungezogen!

Das Orakel
oder
Eine Episode aus dem Leben eines Langfingers

Vom Typ her schien er auf den ersten Blick
als Zeiterscheinung ganz normal,
ein ausgeprägt geschäftliches Geschick
stempelte ihn indes zum Sonderfall.

Sein Markenzeichen, die besondre Gabe:
er stahl geschickt und gierig wie ein Rabe.
Sein äußerst lukratives Wirkungsfeld:
die exklusive und mondäne Welt.

Und hier galt seine Neigung vorzugsweise
der bargeldlosen Zahlungsweise:
den Reiseschecks, Kreditcards und so fort,
dem Bargeld und dem Schmuck – mit einem Wort

den Mitteln und den Kostbarkeiten,
die heute, wie zu allen Zeiten,
uns dienen und erfreuen sollen.
Hier griff er zu und schöpfte aus dem Vollen,

als ob's erlaubte Selbstbedienung sei.
Da seine Technik zudem nahezu perfekt,
blieb er von der Justiz und Polizei
trotz intensiver Fahndungsarbeit unentdeckt.

Doch wurde ihm stets mehr und mehr bewußt:
Erfolg allein ist nicht das ganze Glück!
Auch nicht die große Abenteuerlust,
die er bei seiner Tätigkeit empfand,

wenn er mit einem noblen Gaunertrick
blitzschnell mit langjährig geübter Hand
das Opfer, das sich sicher glaubte,
um Schmuck und bares Geld beraubte.

So kam, was schließlich kommen mußte,
daß er, verwirrt, ganz offenbar,
zuletzt selbst nicht zu sagen wußte,
was, wie, wieso geschehen war.

Er wußte nachher nur, daß es geschehen,
daß er, als er sie an dem Arm berührte,
urplötzlich tiefe Zuneigung verspürte,
unfähig, seiner Arbeit nachzugehen.

Was Wunder? Sie war jung und schön
und allerlieblichst anzusehen.
Indessen unerreichbar für ein Exemplar,
wie er bedauerlicherweise eines war.

Denn sie war gleichermaßen reich; zudem
war sie gebildet, liebte Reisen,
entstammte – und hier lag das Hauptproblem –
den obersten Gesellschaftskreisen.

Da steckte er in dem Dilemma mitten drin.
Sie zu erobern, war ein hoffnungsloser Spleen.
Indes, auf sie verzichten, aufzugeben?
Es schien ihm sinnlos, ohne sie zu leben.

Da fiel ihm die patente Lösung ein:
Es mußte ein Orakel her, um wahr zu sagen
und ihm das Künftige zu prophezein.
Wozu sich also selber quälen und sich plagen?

An solch geheimnisvoller Zauberstätte,
da mußte sich die Wahrheit offenbaren,
und sicher war zudem ein Hinweis zu erfahren,
wie er sich letztlich zu entscheiden hätte.

Nachdem er zwischen Seelenfrust und Hoffen
die Auswahl einer Stätte vorgenommen,
war er soeben ängstlich und beklommen
zur schicksalhaften Sitzung eingetroffen.

Der Raum, getaucht in fahles Glimmerlicht,
von schlummersüßem Duft erfüllt,
die Zauberkugel, in ein Tuch und dicht
von Nebelschwaden wirbelnd eingehüllt,

so präsentierte sich die Szenerie.
Dann, in dem Mittelpunkt des Machwerks – sie! –,
den Blick wie in Ekstase starr gewandt nach oben,
die Arme in beschwörender Manier erhoben,

in einem schwarzgewobenen Talar,
das Haupt mit einem bunten Schal umhüllt.
Jetzt kniete sie vor des Verführers Bild
auf dem ihm eingeweihten Hausaltar,

verharrte regungslos, erhob sich dann
und – siehe! – das Spektakulum begann
mit der Beschwörung aller Meister
und ihrer transzendenten Geister

durch Zauberformeln, Zeichen, Kartenschlagen,
geheimnisvolle Rituale,
den Trank aus der sakralen Schale
und an die Geisterwelt entsandtes Klagen.

Zutiefst beeindruckt und verwirrt zudem
durch die gezeigte Possenspielerei,
erwartete er nunmehr frank und frei
das Lösungs-Einmaleins für sein Problem.

Bereits vor dieser Sitzung hatte sie
mit viel Geschick und Phantasie
mit ihm vertraulich ein Gespräch geführt,
dabei mit Charme und reichlich ungeniert

ihn ausgeforscht, um sich zu informieren
und seine Geisteshaltung zu sondieren,
damit am Ende all die Gaukelei
nach seiner Wunschform und Erwartung sei.

Inzwischen war die Spannung unbestritten
ins Unerträgliche gestiegen,
als sie mit maßvoll-würdevollen Schritten
und hoheitsvoll geprägten Zügen

sich zu dem Hausaltar begab,
um dort mit einem Zauberstab
die Zauberkugel aufzudecken
und falsche Geister abzuschrecken.

Nachdem sie ihre Hand wie einen Schild
zum Schutz über die Zauberkugel hielt,
skandierte sie in stereotypem Redefluß
den wohlbedacht von ihr gefertigten Beschluß:

»Ich, Beelzebub, der große Meister,
Beherrscher aller Weltengeister,
hab dein Begehren wohl vernommen,
bin zum Orakelspruch gekommen,

den ich dir nunmehr offenbaren will.
Das Leben auf der Erde hat allein zum Ziel,
Vermögen, Reichtum zu gewinnen, Gold und
Geld,
denn sie bedeuten Macht, und Macht regiert die
Welt,

nicht Liebe, Tugend, Freundschaft, Ehre.
Dies ist die hohe Schule der Magie,
die Botschaft der geheimen Lehre.
Darum: erkenne und befolge sie.

Von der Natur sind jedem Menschenleben
besondre Fähigkeiten mitgegeben.
Drum nütze deine Fertigkeiten,
sie werden dir Erfolg bereiten.«

Als sie geendet, war er sichtlich konsterniert.
Was nur bedeutete der Spruch für ihn?
Allmählich erst begriff er, immer noch schockiert,
den in dem Geisterwort versteckten Sinn.

Wenn er den Hinweis recht verstand
– und also wünschte es die Obrigkeit –,
dann lag sein Glück in seiner Hand,
und zwar genau bei jener Tätigkeit,

die ihn zum Lebemann gemacht
und ihm bislang Erfolg gebracht.
Den Traum vom Liebesglück indessen
galt es da schleunigst zu vergessen.

Ihr war der große Coup geglückt:
Sie hatte ihn in ihre Welt verstrickt,
das Blendwerk listig arrangiert,
geschickt die Feier inszeniert,

so siegte Täuschung über den Verstand.
Dagegen hatte er von Anfang bis zuletzt
nichts ahnend auf das falsche Pferd gesetzt.
Er hatte seine Chance nicht erkannt,

die sich ihm bot, um zu gewinnen,
ein neues Leben zu beginnen,
sich aus der Gaunerszene loszulösen.
So blieb am Ende alles, wie es einst gewesen.

Ein Fazit? Mit Vernunft agieren!
Laß dich nicht täuschen, irreführen.
Bau auf dich selbst, vertrau deinem Verstand,
dann hältst du in der Tat dein Glück in deiner Hand.

Ratschlag

Freund, grämt dich etwas noch so sehr,
läuft dir mitunter alles quer,
juckt dich die Leber, beißt die Galle,
und dies im Wiederholungsfalle,

zwackt dich das Lebenselement
in jeder Hinsicht renitent,
zeig stets ein lächelndes Gesicht –
ärgere dich nicht!

Drückt dir ein flauer Leisetreter
dein frohes Stimmungsbarometer
tief unter Null und noch viel weiter,
bleib würdevoll, gelassen, heiter,

denn davon hast du nie genug,
mit einem Wort, mein Freund, sei klug,
verachte diesen armen Wicht –
ärgere dich nicht!

Vergeude nicht mit hohlem Schmachten
die ohnehin in unsrer Lage
so kärglich-spärlich zugedachten,
erquicklich freudevollen Tage!

Und wenn des Lebens herbe Last
dich pausenlos beim Wickel faßt,
dich der Verdruß beharrlich sticht –
ärgere dich nicht!

Droht dein entschlossenes Bemühen,
dem Grillenspuk sich zu entziehen,
trotz größter Mühe zu mißlingen,
dich gar der Ärger zu verschlingen,

steht alles Kopf, bleib unverdrossen
trotz aller Nervenkitzelpossen,
üb Gleichmut, zeige Zuversicht –
ärgere dich nicht!

Und was dir auch der neue Tag
Skurriles präsentieren mag,
denk stets daran: das Glück ist jung,
ein Wirbelwind mit Herz und Schwung,

zugleich so unberechenbar
und launisch wie ein großer Star.
Drum, strahlt dir unverhofft sein Licht,
greif sofort zu und zögere nicht!

Warnung

Lenchen war ein hübsches Mädchen,
ehrlich, still und arbeitsam,
und sie galt im ganzen Städtchen
als adrett und tugendsam.

Aus den dargelegten Gründen
ließ sich bald ein Jüngling finden,
der gewillt war, nach Gebühren
sie als Bräutchen heimzuführen.

Doch da er ein armer Teufel,
wenn auch tüchtig, mit Verstand,
zeigte Lenchen ernste Zweifel
und blieb lieber noch vakant.

Von vermögendem Format
war der nächste Kandidat,
doch er hatte, Gott bewahre
unser Lenchen, rote Haare.

Dahingegen wiederum,
wenn er sonst auch akzeptabel,
waren Alberts Beine krumm,
was auch zweifellos blamabel.

Egons Nase zierte schließlich
eine Brille, die nicht schicklich,
außerdem war, wie verdrießlich,
er schon alt und etwas dicklich.

So verschmähte Lenchen eitel
Kandidat um Kandidat,
der nicht just von Fuß bis Scheitel
nach erträumtem Wunschformat.

Doch sie hatte übersehen,
daß bei aller Eitelkeit
auch sie selbst im Zeitgeschehen
gegen Mängel nicht gefeit.

Rasch verstrich die Jugendzeit,
und im Laufe mancher Jahre
schmolz auch Lenchens Knusprigkeit.
Also färbte sie die Haare,

kaufte sich ein Korselett,
Salben, Lacke und Tinkturen,
machte Schlankheitshungerkuren,
legte nüchtern sich zu Bett –

kurz, wo eine Möglichkeit
zu Kasteiungen sich bot,
griff sie zu, in ihrer Not
selbst zum äußersten bereit.

Doch so sehr sie sich auch plagte,
kein Bewerber mehr traf ein,
und so schmerzhaft sie auch klagte,
ja sie war und blieb – allein.

Schon wollt' sie in Klostermauern
ihres Lebens Rest betrauern,
als, als letztes Aufgebot
und Erretter aus der Not,

sich in liebendem Bekennen
Archibald ihr präsentierte.
Zwar war er nicht reich zu nennen,
und die Hakennase zierte

eine Brille, die nicht schick,
außerdem auch, wie verdrießlich,
war er alt und auch noch dick,
und zu guter Letzt, wie mieslich,

hatte er noch eben seine
kurzen, krummen Säbelbeine,
und den runden Eierkopf
deckte ein knallroter Schopf.

Lenchen, leidgeprüft indessen
und in schändlichem Vergessen
ihrer alten Eitelkeit,
eingedenk der letzten Zeit,

da sie kummervoll vergebens
nach dem Glücke ausgeschaut,
vor der letzten Wahl des Lebens
schluckte tief – und wurde Braut.

So kann blinde Eitelkeit
leicht zu Unvernunft verleiten
und durch Überheblichkeit
Ärger und Verdruß bereiten.

»Völkerverständigung«

Daß sich das Leben manches Mal
als unberechenbar und dreist,
dann wiederum zuhöchst banal
und schlichtweg stümperhaft erweist,

wer – wahrlich! – könnte davon nicht
ein Liedlein aus Erfahrung singen?
Von hoffnungsvoller Zuversicht
und niederschmetterndem Mißlingen?

Dies mußte auch in all den langen Jahren
das Ehepaar X-Ypsilon erfahren.
Ein Kind, das war der Wunschtraum ihres Lebens!
Doch ihre Mühen waren stets vergebens.

So kam zuletzt als Lösung nur,
ließ man gewisse Vorbehalte außer acht,
als Überlistung der Natur
allein die künstliche Befruchtung in Betracht.

Nach ärztlicher Beratung dann
entschloß man sich, den Schritt zu wagen,
und siehe da – genau nach Plan –,
nach langen, sorgenvollen Tagen

schien endlich sich, nach vorgefaßtem Willen,
der lang gehegte Wunschtraum zu erfüllen.
Als das Geschehen seinen Ablauf nahm
und sie zur Obhut in die Klinik kam,

von ihm zugleich umsorgt mit Zärtlichkeit,
bewies sie Zuversicht und Tapferkeit,
selbst als die Stunde – wie sie wußte –,
die ihr Gewißheit bringen mußte,

im Eilschritt unaufhörlich näher rückte.
Als dann das Kind das Licht der Welt erblickte,
da schwelgten beide für den Augenblick
in schrankenlosem Elternglück.

Doch da – wie konnte dies nur sein?
Weiß beide Eltern – und soeben
entpuppte sich das neue Leben
als süßes, kleines Negerlein!

Da mußte doch – nur wem und wann und wo? –
ein heikler Lapsus unterlaufen sein!
Und wer stand dafür in dem Obligo?
Den Eltern aber galt ihr Glück allein.

Zunächst verwirrt, dann aber hochentzückt,
daß sie das Los mit einem Kind beglückt,
verwöhnten sie und hielten es nicht minder
als eben alle Eltern ihre Kinder.

Da fehlen einem doch vor Staunen glatt die Worte!
Denn das ist, wahrlich, wenn auch ungewollt,
ein Akt, dem man bewundernd Achtung zollt:
»Völkerverständigung« der ganz besond'ren Sorte.

Zwiesprache

»Halte an auf deinen Wegen,
zügle deinen raschen Schritt,
es ist Zeit, mal abzuwägen,
heimatloser Eremit.

Zieh die Summe deines Lebens,
deines Wollens, deines Strebens,
rechne gut und schlechte Gaben
hier im Soll und dort im Haben.

Welch ein Fazit deiner Mühen,
deiner sonderlichen Taten
– halb gelungen, oft mißraten –
läßt sich aus dem Wandel ziehen?

Denn des Lebens reiche Fülle
ist kein Dauerbankkredit.
Prüfe drum in aller Stille
deine Quintessenz im Schnitt.

Wie, du zeigst dich tief betroffen,
senkst die Augen zaghaft nieder?
Klingen dir nicht frohe Lieder,
spürt dein Herz kein gläubig Hoffen?«

»Ach, es ist ein stetes Gleiten,
irrendes Hinüberschreiten
aus erfaßbar schmalen Normen
zu noch unbekannten Formen,

die in stummen, blassen Fernen,
unerreichbar, gleich den Sternen,
und in rätselhaften Zügen
unerforscht im Weltall liegen.

Oft droht da der Mut zu sinken
und das müde, zage Herz
in Verzweiflung zu ertrinken,
zu vergehn in jähem Schmerz.«

»Wolltest du nicht stets das Gute,
sehntest dich in hartem Ringen
auf der wechselvollen Route
nach erlösendem Gelingen?

Nein, ich seh' ein stilles Leuchten,
einen Strahl der Zuversicht,
tiefen Glanz und warmes Licht,
sehe sich das Auge feuchten.

Drum, nur Mut und kein Verzagen!
Ein Verlaufen, ein sich Irren
in des Alltagsstromes Wirren
ist noch lange kein Versagen.

Leid und Schmerzen sind berufen,
läuternd zu gereiften Stufen
das verhärmte Herz zu heben,
dem Charakter Halt zu geben!«

Schaubude

Hereinspaziert, hereinspaziert,
die Galavorstellung beginnt!
Hier wird ein Lebender seziert,
dort kriegt ein Greis sein drittes Kind.

Für unser Schauerkabinett
nahm selbst der Teufel ein Billett,
nahm aber wieder schnell Reißaus,
so schaurig sieht es darin aus.

Hier wird in einer Sonderschau
der Riesendame Tschang-Tschung-Tschau
mit einer Säge kurz inmitten
des Unterleibs hindurchgeschnitten.

In dem Kabinchen dort hingegen
geht es human und niedlich zu:
ein General schluckt seinen Degen,
ein Fakir einen Marabu.

Dort in dem Kabinett geht's rund:
Ein Messerwerfer in Aktion
stutzt mit den Messern einem Hund
das Fell, die Haare seinem Sohn.

Apart verschluckt ein Krokodil
in der Kabine dort 'ne Schöne,
zur gleichen Zeit tanzt ein Reptil
auf sanfte, süße Flötentöne.

Und hier – die Galaattraktion,
der große Messeschlager –
Schön-Evchen im Naturkokon
mit Adam, dem Versager.

Nur ungeniert hereinspaziert,
es lohnt auf alle Fälle.
Wer schwache Nerven hat, den rührt
der Schlag gleich auf der Stelle.

Hereinspaziert, hereinspaziert,
die Galavorstellung beginnt!

Empfehlung

Setz die Worte hart wie Treffer,
doch wähl klug und mit Bedacht!
Nicht die Quantität, der Pfeffer
ist's, der würzt und schmackhaft macht!

Höflichkeit

Schimpf und fluche nicht gleich immer,
wenn dir was daneben geht.
Höflichkeit ist weitaus schlimmer,
wenn man sich auf sie versteht!

Feststellung

Man kann nicht nur auf Wolken wandeln,
nur edel, mutig, gütig handeln,
ein Heiliger mit Heil'genschein,
ein Held oder Märtyrer sein.

Denn leider ist man auch, ganz nebenbei,
ein Mensch mit seinen eitlen Schwächen,
sprich: typischen Normalgebrechen,
kurzum, mitunter nicht ganz schwindelfrei.

Der Klinkenputzer

Er war vom Typ her zweifellos
nichts als ein kleiner Gernegroß,
bestrebt, trotz sehr beschränkter Gaben,
hier, dort und möglichst überall,

in jedem fragwürdigen Fall
die Finger mit im Spiel zu haben.
Sein Wunschtraum: Boss der Unterwelt,
der große Coup, das große Geld.

Doch oft und so auch hier entspricht
die, ach so biedre Wirklichkeit
in dem erwünschten Ausmaß nicht
der eigenen Begehrlichkeit.

Denn wie er sich auch immer wieder
um »Arbeit« in der Gaunerwelt
bemühte und devot und bieder
sich ihresgleichen zugesellt,

er wurde stets nur dann und wann
als Botengänger, Mittelsmann,
als Helfershelfer und zuletzt,
als sie zu zweit die Schmiere standen,

bei einem Einbruch eingesetzt.
Nie wollte es ihm aber glücken,
bei lukrativen Gangsterstücken
den einmaligen Coup zu landen.

So hatt' im Umfeld sich zuletzt
für ihn und seine Tätigkeit
als namentliche Sonderheit
der »Klinkenputzer« durchgesetzt.

Erbittert und erzürnt ersann
er deshalb einen Racheplan,
um die Beleidigung zu sühnen.
Als Spitzel und als Informant,

dem das Milieu recht gut bekannt,
erbot er sich, für bares Geld
im Kampf gegen die Unterwelt
der Polizei verdeckt zu dienen.

Nun war er bei der Polizei
bekannt durch seine Kumpanei
und seinen Filz zur Unterwelt,
und man mißtraute ihm daher.

Doch war man taktisch eingestellt
und lehnte ihn nicht kurzweg ab;
nur, was man ihm als Arbeit gab,
war unbedeutend, inhaltsleer.

So trat durch diese Tätigkeit
nicht der erstrebte Durchbruch ein,
und er beschloß, ab dieser Zeit
selbst seines Glückes Schmied zu sein.

So kam es denn, daß jeder Knust
bei ihm sofort die Neugier weckte
und er mit Abenteuerlust
den Grips in jeden Kleinkram steckte,

ganz ohne Arg, daß er dabei
– zudem auf sich allein gestellt –
mal hier als Arm der Polizei,
dort dann im Dienst der Unterwelt

agierte, blind für die Gefahr,
die ihm daraus erwachsen würde,
daß er aus maßloser Begierde
für beide Seiten tätig war.

Nun hatte man der Polizei
die vage Botschaft zugetragen,
daß in den allernächsten Tagen
ein großer Deal im Zuge sei.

Nur wußte niemand Einzeldaten,
nicht wer noch was, nicht wo noch wann,
so daß ein großes Rätselraten
um das Ganovenstück begann.

Da half kein Prüfen, kein Sondieren,
keine Verbrecher-Suchkartei,
kein fieberhaftes Recherchieren
in der Computer-Bilddatei.

Bei dieser nebulosen Lage
erhob sich die brisante Frage:
Warum erging der Hinweis, welchen Sinn
verfolgte der Anonymus durch ihn?

War es ein feiges Bubenstück,
mit dem sich ein Verbrechersyndikat
an seinesgleichen rächen wollte?
Oder ob gar der Fahndungsapparat

der Polizei durch diesen Trick
irregeleitet werden sollte?
Um eine Panne zu vermeiden
galt es, sich aktiv zu entscheiden.

Da half nur stetes Observieren
in dem Milieu bei Tag und Nacht,
nur taktisch kluges Manövrieren,
um die Verbrecher aufzuspüren

und bei begründetem Verdacht
in raschem Zugriff zu verhaften
und ob der dunklen Machenschaften
auch sachgerecht zu überführen.

So weit, so gut. Das Spiel begann,
und durch des Zufalls sprichwörtliches Glück
kam man mit Fleiß und einigem Geschick
erstaunlich rasch und gut voran.

Dann plötzlich fiel die Klappe zu!
Es war ein exzellenter Coup,
der größte Rauschgiftfall der letzten Jahre:
Gefaßt zwei fremde Schmuggler mit der Ware

und mit dem Gegenwert in barem Geld,
zwei Dealer der vertrauten Unterwelt.
Das brachte Lob und Anerkennung ein,
der Kommissar konnte zufrieden sein.

Dann kam die Überraschung, der Eklat:
In dem zum Kauf gelangten Stoffe fand
man nicht die kleinste Spur von Pharmaka;
vielmehr – ein alter Gaunertrick – bestand

er durchwegs, als Substanzfassade,
aus Mehl und Zuckerraffinade.
Das roch dem Kommissar nach Kumpanei,
genau gesagt: nach Klinkenputzerei!

Sofort ließ er die Schmuggler kommen,
die dann, erneut geschickt vernommen
und taktisch klug zu guter Letzt
gehörig unter Druck gesetzt,

den wahren Sachverhalt bekannten,
wonach der »Spitzel«, wie sie klar
und knapp den Klinkenputzer nannten,
an sie herangetreten war,

um sie zu einem Plan zu überreden.
Wie dann letztendlich auch geschehen,
war Mehl und Zucker bei dem Deal
als Surrogat statt Rauschgift vorgesehen,

und ebenso war man verfahren.
Aus dem Erlös erhoffte man für jeden
ein kleines Zubrot mit dem Ziel,
für schlechte Zeiten anzusparen.

Dieses Geschäft habe allein
der »Spitzel« für sie ausgeheckt,
das Rauschgift selber obendrein
an einem sichren Ort versteckt.

Was nun geschah, ist schnell gesagt:
Fast wäre er durch Flucht entkommen,
dann doch verhaftet und vernommen
und schließ- und endlich angeklagt,

das Rauchgift wurde eingezogen.
Und auch der Rest ist schnell erzählt:
Der große Traum vom großen Geld
war ausgeträumt, vorbei, verflogen.

Was übrig bleibt von dem Roman,
läßt sich in einem Satz umschreiben:
Als Klinkenputzer sollte man
bescheiden »auf dem Teppich« bleiben!

Auch vorhanden

Nein, ohne jemand anzukreiden,
doch solche Leute gibt's fürwahr,
die ihrem Nächsten selbst ein Haar
in seiner dünnen Suppe neiden.

Sie schleichen gramgebeugt umher
und können sich schier selbst nicht leiden,
empfinden alles als Malheur,
um sich vergrämt in Schwarz zu kleiden.

Sie pilgern klagend durch die Welt
wie just durch eine Leichenhalle
und spucken Gift und reine Galle,
wenn man sich nicht hinzugesellt.

Sie schreien Zeter, Mordio,
wenn sie in einer Klemme sitzen,
sind aber streng inkognito,
wenn andere statt ihnen schwitzen.

Drum folg dem Ratschlag dieser Worte:
Vertraue auf dein Feingefühl,
so gut es irgend gehen will,
Freund, meide diese üble Sorte!

Vorfreude

Vorfreude, sagt man allgemein,
soll, dies auch sicherlich zu recht,
an Reiz für beiderlei Geschlecht
die schönste aller Freuden sein.

Wie aber sieht im Lauf der Welt
konkret das Spiel der Launen aus?
Sie hatte alles wohl bestellt,
für die Familie, im Haus,

und freute sich nach all dem Hasten,
der Mühsal und der Plagerei
mit Tagesfrust und -einerlei
auf Kurzweil vor dem Flimmerkasten,

um zu entspannen, zu genießen.
Zunächst die Seifenoper, dann
den Krimi noch als Leckerbissen,
indes ihr braver Ehemann

im Sportverein dem Skatspiel frönte,
mit seiner Freundin sich der Sohn
des Daseins Einerlei verschönte
und selbst das Töchterchen, zum Lohn,

daß es im Haushalt assistierte,
sich unbekümmert, sorgenfrei,
als ob schier alles happy sei,
im Discofieber amüsierte.

So kuschelte *sie* sich entspannt,
die Fernbedienung in der Hand,
auf ihre Couch – ein Knopfdruck dann –,
und das Spektakulum begann:

In irrer Folge, bunt gestrickt,
mit schrillen Tönen, Bildgeflimmer,
mit Gags und Slogans reich gespickt,
erfüllten Werbespots das Zimmer.

Fast hätte *sie* genervt, frustriert
vor all dem Trubel resigniert,
da tänzelte verträumt, verspielt
ihr heißersehntes Stück ins Bild.

Jetzt war das Dasein eitel Glück!
Sie lehnte sich gelöst zurück,
in freudiger Erwartung auf
den weiteren Geschehenslauf.

Doch jäh begann die heile Welt,
die sich behaglich eingestellt,
durch Einfluß äußerer Gewalten
recht unerfreulich zu gestalten.

Gerade als die Handlung kühn
sich hin zum Höhepunkt bewegte,
kaum eine Lösung möglich schien
und das Gemüt sich heiß erregte,

zerstörten auf profane Art
Realität und Gegenwart
die Träume der Gedankenwelt,
in der *sie* wonniglich geschwelgt.

Verfrüht war *er* vom Kartenspiel
mit dem doch lobenswerten Ziel
ins schützende Daheim geflüchtet, um
einem sich nähernden Gewittersturm –

log *er* scheinheilig – zu entgehen
und schließlich auch, wie *er* es nannte
und sich kleinlaut dazu bekannte,
»noch etwas Fußball« anzusehen.

Ein flinker Griff, ein kurzes Klicken –
schon schoß der Fußball durch das Bild,
da nahm erneut mit finstren Blicken
und in sich bebend, zornerfüllt,

sie die Bedienung in die Hände
und drückte ab – doch, aus der Traum,
die Seifenoper war zu Ende,
und Werbung schwirrte durch den Raum.

Da kam erneut der Fußball dran,
was denn, was man verstehen kann,
nicht ohne ernste Folgen blieb,
die Spannung auf die Spitze trieb.

So nahm das Schicksal seinen Lauf,
denn just, wie drinnen sich mit Macht
der Streit um das Programm entfacht,
kam draußen ein Gewitter auf,

und Regen prasselte herab.
Als es beim Fußballspiel sodann
wie stets die Halbzeitpause gab,
da klickte *sie* den Krimi an,

in dem der Tatortkommissar
trotz todesdrohender Gefahr
den Einsatz kühn und mutig wagte
und die Verbrecherbande jagte.

Doch als *er* dann verärgert wieder
den Krimi unterbrechen wollte
und Schlag auf Schlag der Donner grollte,
da zuckte grell ein Blitz hernieder;

ein Flackern, Knistern, Bildgeflimmer,
beißender Rauch im ganzen Zimmer,
der Bildschirm schwarz, kein Ton, kein Bild,
die Luft von Qualm, Gestank erfüllt.

Als dann die Angst vor Brandgefahren
sowie der Schock gewichen waren,
nahm *er* die Fernbedienung, klickte –
jedoch so oft *er* fluchend drückte,

es kam kein Bild, erklang kein Ton,
nicht die geringste Reaktion.
Da klickte *sie*, von Zorn erfüllt –
es blieb dabei: kein Ton, kein Bild.

Erschöpft und ratlos, wie noch nie,
und irritiert, versuchten sie
den Hergang zu rekonstruieren
und ihre Lage zu sondieren.

Ob »*sein*« Verein zuguter Letzt
den Gegner doch noch »matt« gesetzt?
Und ob der Tatortkommissar
auf Gangsterjagd erfolgreich war?

Dies zu erfahren, galt es morgen
die Tageszeitung zu besorgen,
um darin alles klipp und klar zu lesen.
Ja, wäre man vernünftiger gewesen!

So blieb am Ende nur, trotz Frust und Zwist,
als Trost die Einsicht, daß doch eben
von den Vergnügungen im Leben
allein Vorfreude zuverlässig ist.

Zerstreutheit

Vor einem Postbriefkasten steht
ein Mann, der sichtlich in sich geht,
als wolle er ein Werk beginnen,
doch sich zunächst zutiefst besinnen.

Dann sieht man ihn ein Geldstück zücken,
die Stirne in Gedanken schärfen,
das Geldstück in den Kasten werfen,
erwartungsvoll zur Turmuhr blicken

und murmelnd und zuhöchst verdrießlich
kopfschüttelnd sich entfernen schließlich:
»Erst gestern einen Brief bekommen,
und wieder zwei Pfund zugenommen.«

Alptraum

Der Sturmwind brauste durch die Wälder,
pechschwarz die Nacht, unheilgeladen,
der Nebel kroch in fahlen Schwaden
wie bleiches Tuch über die Felder;

da dröhnte plötzlich wildes Toben,
ein grimmes Kreischen durch die Lüfte,
und aus der Erde Modergrüfte,
verwesten Leichen gleich, erhoben

sich seltsam schaurige Gestalten,
die, wie von finsteren Gewalten
getrieben, sich im Kreise drehten
und laut ihr Seelenheil erflehten,

als ob der jüngste Tag gekommen sei.
Sodann ein Blitzschlag und ein schriller Schrei!
Und in dem Flackerlicht der Flammen
brach jäh der Spuk in sich zusammen.

Zugleich wuchs aus dem Strafgericht
mit höhnisch grinsendem Gesicht
empor der große Hexenmeister,
Beschworer und Dompteur der Geister,

der Oberste der Teufelsschar,
auch Satan, Beelzebub genannt,
gehörnt, mit wirrem, krausem Haar,
die Teufelsgabel in der Hand,

gekrümmt die Nase, schief die Ohren,
den Affenschwanz, das Fell geschoren,
mit haßerfüllter Satansfratze
und krallenscharfer Tigertatze.

Ich stand vor diesem Ungeheuer,
verängstigt, hoffnungslos verloren,
ein Opfer, um im Fegefeuer
an seinem Höllenspieß zu schmoren.

Noch stand er drohend vor mir da –
doch ehe ich mich es versah,
stach seine Gabel auf mich ein!
Ich wollte flüchten, wollte schrein,

doch wie gelähmt verharrte ich
Angst, Schwindel übermannten mich,
in tiefste Finsternis versank der Raum,
da – endlich – endete der Horrortraum.

Der Ohnmacht nahe, schweißdurchnäßt
lag ich auf meiner Lagerstätte,
rang wild nach Luft, total gestreßt,
als ob ich Nervenfieber hätte.

Allmählich nur kam ich zu Sinnen
und überdachte das Geschehen.
Hatt' ich das teuflische Beginnen
geträumt oder real gesehen?

Wie denn, so fragte ich mich schließlich,
unschlüssig und zuhöchst verdrießlich,
wie kann man Spuk und Teufelstreiben
im Traum erleben und beschreiben,

wenn es nach heutigem Verständnis
und wissenschaftlicher Erkenntnis
dergleichen gar nicht geben kann?
Woher stammt dieses Vorbild dann?

Ich denke nach, bin irritiert,
erst sprachlos und zuletzt schockiert,
da geistert es mir durch den Sinn:
Steckt gar der Teufel in uns drin?

Und – in der Tat! – ist man korrekt,
blickt kritisch in sich selbst hinein,
entdeckt man, gut getarnt, versteckt,
ein winzig kleines Teufelein!

Gewiß – im Grunde eben nur
ein kleines Beiwerk der Natur,
ein amüsantes Possenspiel,
indes bemerkenswert mobil!

Homo sapiens

1. Habitus

Nein, nein, es ist nicht zu bestreiten,
er kriecht nicht mehr auf seiner Bahn,
vielmehr bewegt er mit Elan
sich fort in graziösem Schreiten.

Er reckt sich stolz zum Sonnenlicht,
mißt die Gestirne, ihre Bahnen,
und schwelgt in göttlichem Erahnen
der Würde seiner Daseinspflicht.

Gelegentlich nur, wenn konkret
in einer Sache, die sehr wichtig,
der Taterfolg in Frage steht,
bückt er sich schleunigst schuldenpflichtig

und zeigt sich äußerst treu und bieder
mit überlegtem Vorbedacht –
kurz: hält er es für angebracht,
dann, ohne Skrupel, kriecht er wieder!

2. Kultur

Er gibt sich nicht mehr primitiv,
wie einst als streunender Nomade.
0 nein, er zeigt sich attraktiv
mit Puder, Spiegel, Schmuck, Pomade.

Kurz, von dem Jünger der Natur,
so wie er einst entstanden,
scheint bei der ganzen Prozedur
kaum noch ein Rest vorhanden.

Nur wenn der Tod mit stummem Gruß
ihn jäh entreißt dem Strom der Zeit,
spürt er mit widrigem Verdruß
seine Naturverbundenheit.

Dann rührt die Unerbittlichkeit
des Schicksals seinen Dünkel an,
weist seiner plumpen Eitelkeit
schmal ihren Pfad auf großer Bahn.

3. Nächstenliebe

Gottlob, die Barbarei ist tot!
Denn über jede nackte Not
deckt eine frommbekränzte Gilde
der Nächstenliebe Schleier milde.

Es wird in Sparsamkeit gespendet,
Zuspruch und Mühe aufgewendet,
daß jederman, dank solcher Gabe,
am Seelenheil mit Anteil habe.

So ist man gerne hilfsbereit,
die Sorgenlast zu lindern;
doch darf die fromme Tätigkeit
die eigene Bequemlichkeit

nicht schmälern, noch behindern.
Denn Opfer bringen, sozusagen,
mehr als ein Scherflein beizutragen,
verursacht gleich Empfindlichkeit.

4. Intellekt

Wie herrlich krönt die Kreatur,
von eitlem Dünkel angesteckt,
der Glanz erhab'ner Geistnatur,
der sogenannte Intellekt.

Er suggeriert der Kreatur
mentale Kraft zu großen Taten,
Macht zum globalen Potentaten
in Weisheitslehre und Kultur,

erweckt durch Überheblichkeit
und eitle Selbstgefälligkeit
den Schein, zu allen Daseinsfragen
das Lösungswort in sich zu tragen.

Wird dies Szenarium indessen
auf Wahrheitswert und Sinngehalt
nach strengem Prüfsystem gemessen,
birst es gleich einer Spukgestalt.

Und von der stolzen Herrlichkeit,
dem Größenwahn nach Macht und Fülle,
bleibt übrig nur die leere Hülle
der irdischen Vermessenheit.

5. Humanitas

Dieses seltsame Gewimmel
zwischen Höllenschlot und Himmel
nennt sich Mensch und meint, allein
dieserhalb es auch zu sein.

Somit stellt bei dieser Lage
sich die ganz konkrete Frage,
ob solch selbstgetünchter Schein
schon genügt, um Mensch zu sein.

Nicht der Habitus kann zeigen,
ob ein Herz in Reife steht,
ob ihm auch die Qualität
wahrer Sittlichkeit zu eigen.

Homo sapiens zu sein bedeutet,
edel, kreaturinstinktgeläutert
auf dem Weg der Pflicht zu wandeln
und bewußt danach zu handeln.

Dies aber heißt: verpflichtet sein
dem Nächsten und der Menschlichkeit,
Vernunft zu üben im Verein
mit Tatkraft und Gerechtigkeit!

6. Zum Schluß

Nur gemach, du bist, mein Freund,
mit dem Inhalt dieser Zeilen
selbstverständlich nicht gemeint,
brauchst dich drum nicht zu beeilen,

ärgerlich zu protestieren.
Zwar sind wir nicht alle Engel,
wie wir gerne deklamieren,
Fehler aber, Tugendmängel

haben, so wie einst, auch heute
– glaube mir, ich weiß Bescheid –
immer nur die andren Leute,
selbst ist man davor gefeit.

Was berührt mich dann der Brauch,
fragst du, übler Zeiterscheinung?
Gut, dann sind wir hierin auch
wiederum der gleichen Meinung!

Ein schwieriger Fall

Ein Selbstporträt wünscht ihr von mir?
Nun gut, reicht Griffel und Papier,
gern will ich euch in knappen Zügen
auf höfliche Manier belügen.

Was mein Erscheinungsbild betrifft,
ziert es kein Merkmal, das verblüfft,
kein Clou, der sonders wirken könnte,
keine frappierende Pointe.

Mithin bin ich, just weil normal,
ein eklatanter Sonderfall,
gilt heute doch in puncto Form
das streng Normale als abnorm,

in logisch-konsequentem Schluß,
Abnormes als normales Quantum.
Man sieht erneut: de gustibus
– wahrhaftig – non est disputandum.

Auch wer versiert den Geist seziert,
der im Gebäude zirkuliert,
stößt bald, es läßt sich nicht bestreiten,
auf wesentliche Schwierigkeiten.

Schon gleich zu Anfang stellt man fest,
daß ein recht schrulliges Gemüt,
das sich kaum greifbar schildern läßt,
den biedern Habitus durchzieht.

Das Resultat: ein derber Kloben,
höchst eigenwillig und verschroben,
von delikater Geistnatur
auch nicht die minimalste Spur.

Zwar nicht humorlos im Aspekt,
was als gewitzter Intellekt
mal mehr, mal weniger pikant,
sich dem Betrachter amüsant,

satirisch schmackhaft, wohl garniert,
doch stets gesittet, präsentiert.
Am Ende bleibt quer-mitten-drin
ein Mensch mit seinem Eigensinn.

Soweit selbstkritisch untersucht
in peinlich heikler Prozedur,
in Soll und Haben abgebucht,
das Spiegelbild der Ichnatur.